현대시세계 시인선 165

나를 아껴준 당신에게

임후남 시집

나를 아껴준 당신에게

임후남
시집

도서출판 북인

시인의 말

숲이 점점 우거진다.
어제보다 오늘은 더 짙다.
이제 곧 여름이다.
가을이 오고 겨울이 오면 다시 봄이 올 것이다.
계절은 같은 이름으로 오지만
지난해 여름과 올해 여름은 다르다.

숲을 매일 바라보다 보면
조금 순한 눈이 될 수밖에 없다.

나와 이웃한 삶에 자꾸 귀를 기울인다.
삶의 풍경은 저마다의 계절에 있고
그 안에서 순환하는 것이므로.

2024년 5월
임후남

차례

2부

3부

4부

1부

벚꽃 풍경

자전거를 탄 아이가
재빠르게
벚꽃 속으로 들어갔다

봄으로 들어간 아이는
저 여름으로 내달렸다

노인이 자전거를 끌고
천천히
벚꽃 속으로 들어갔다
봄으로 들어간 노인은
꽃비를 맞으며
오래
서 있었다

백합 지는 날

다 지는 것도 아니고
꽃잎
한 장이 떨어졌을 뿐인데
놀란 고요

터지는 순간에도
꽃은 고요를 깨웠을 텐데
나는 몰랐네

꽃대 하나에는
여섯 개의 꽃이 달렸고
꽃 한 송이에는
여섯 장의 꽃잎이 달렸는데

저 꽃들이 다 피었고
이제 딱 한 장이 떨어졌을 뿐이므로

꽃 지는 동안
고요와 친구해야겠네

풀밭에서

개구리 한 마리가 폴짝폴짝 뛰어
연못으로 들어갔다
남아 있던 개구리 한 마리도 폴짝폴짝 뛰어
연못으로 들어갔다
풀밭에는 맨발로 나 혼자 남았다
개구리들이 들어간 연못을 한참 들여다본다
물 위로 개구리밥이 가득 피어났다
연못은 깊지 않아,
다행이다
연꽃 하나 심어야겠다

보라색 꽃들 앞에서

한여름 낮에
사방에 피어난 꽃들을 가만 바라봤어요
벌개미취도 보라색이고
비비추도 보라색이고
도라지도 보라색이고

이렇게 보라가 흔하다니요
한두 송이만 피어도 좋을 텐데
무더기, 무더기로 피어

꽃 이야기나 하려고 합니다
산이 무너지고
터널이 무너지고
먼 나라에서 일어난 전쟁으로
라면값 따위가 올라도
죽는 것은 내가 아니므로

보라색 꽃이나 말하려고 합니다
무더기로 피어난 보라색 꽃들 앞에서
미안한 줄도 모르고

미안한 마음

나무를 심으려고 땅을 팠다
삽으로 흙을 뒤집는데
하얀 알이 나왔다
열 개쯤 가지런히 놓인
난생처음 본 땅 속의 알
땅에 다시 파묻어야겠다 생각했다

땅속에서 알을 낳은 것은 무엇일까
생태 공부를 너무 안 했네
인터넷에 쳐봤다
비슷한 사진이 있어서 클릭해보니
뱀의 알이라고 되어 있다

한동안 나무 근처로는 얼씬거리지도 않았다
나중에 알이 사라졌다
스스로 사라진 알이 궁금했으나
주변을 찾아보지는 않았다
조금 미안한 마음이 들었지만
그렇다고 다시 파묻지 않은 것을 후회하지도 않았다

나무의 슬픔

가을에서 겨울로 몸을 바꾸는 동안
나무의 슬픔은 그 나무만의 슬픔
다른 나무들과 같이 가을에서 겨울로 가는 동안
밑동을 지나 저 깊은 곳
실뿌리까지 스며 있는 슬픔은
아무도 모르는,
그 나무만의 슬픔

저 아래 실뿌리의 슬픔이 끝내 터지면
몇 번의 봄이 지난 후
더는 새순을 피워올리지 못하고
그러면 아무것도 모르는 이들은
마치 모든 걸 아는 것처럼 말하겠지

그러게, 뿌리의 슬픔을 알았어야지
그러게, 가지를 함부로 뻗지 말았어야지
그러게, 잎 자랑을 하지 말았어야지
그러게그러게그러게그러게그러게그러게

나무의 슬픔은 그 나무만의 슬픔

꽃의 말
—라넌큘라스

봉오리가 피어나는 동안
몸은 점점 무거워진다

제 몸무게를 이기지 못하고
꽃을 다 피워내기도 전에 꺾인다

욕심껏 품은 꽃잎들
세상 밖 구경도 못 시키고

꽃을 들고 거울 속으로

밖은 어둡고
안은 환할 때
창문은 거울이다
(이런 당연한)

창문 너머 어둠을 본다
유리는 튼튼해
저 밖 어둠이 감히 들어올 수 없다고 믿는다

깨진 화분 조각들,
그 사이로 떨어진 페라고늄 꽃송이
자줏빛, 핑크빛, 그리고 하얀 색들

사실은 이미 바깥이 더 안전한지 모른다
전등을 끄면 안은 밖보다 더 캄캄해
나는 피투성이가 될 거야

나는 자줏빛을 모으고
핑크빛을 모으고,
흰 빛을 쓸어담는다

박살난 것들은 꽃이 아닌데
꽃이 갈 곳을 잃었다

해가 뜨자 밖이 환해졌다
나는 꽃을 들고
거울 속으로 들어간다
(이런 부당한)

쇠딱따구리가 우는 동안

소나무 아래에 앉아 있는데
바로 위에서 딱따구리 소리가 들렸다
고개를 들어 보니 아주 작은 새가
죽은 나뭇가지에 앉아 있었다
휴대폰 카메라 줌을 당겨 자세히 보았다
작은 쇠딱따구리였다
딱따구리는 따다닥딱딱
한 번 쉬었다 따다닥딱딱
다시 쉬었다 따다닥딱딱
눈깜짝할 새 나무를 쪼아댔다

매실나무 가지를 좀 잘라야겠네
그라스를 캐서 다른 곳으로 옮겨 심을까
잔디 속 풀은 언제 뽑나

딱따구리 소리가 다른 쪽에서 들렸다
나는 그새 딱따구리를 잊고 있었다
딱따구리가 앉았던 나뭇가지는 이미 비어 있었다

가을 숲

소리가 났다
절로 어깨가 움츠러졌다
발도 멈췄다
이번에는 저쪽에서 소리가 났다
눈을 돌렸다
얼굴은 움직여지지 않았다
고라니라면 나보다 먼저 튀어갈 것이라
생각하는 사이
바람이 불었다
여기저기에서 소리가 났다
조금은 큰소리로
조금은 작은 소리로
커다란 일본목련 잎과 소나무 잎과 때죽나무 잎들의 무게만큼

잎 한 장이 떨어질 뿐인데
잎 한 장은 오직 그 잎 한 장뿐이어서
바람이 불자
온 산이 함께 울었다

겨울 일기

오늘은 영하 17도
대설주의보가 내렸다
오전 9시쯤 내리기 시작한 눈은
오후 4시가 넘도록 내렸다
눈 오는 동안
동네는 더욱 적막했다
개가 짖었다
사람 소리보다 반갑고,
두려운

침묵을 열고 나갔다
발자국 하나 없는 눈 천지
차마 어디를 밟을 수 없어
눈으로 소리를 따라가는 동안
반짝, 눈이 부셨다
지던 해가 잠깐 밖으로 나와 빛났다

이제 어둠이 닥칠 것이다
눈은 너무 많이 왔고
쌓이고 쌓여

내가 끌어안고 잠들어도 녹일 수 없는,
막막한 생 같았다

석양에 눈이 붉게 물들었다

개가 짖었다
나는 젖은 구두를 신고
아무도 응답하지 않은 소복한 눈을 향해
한 발 내딛었다

착각

겨울 새벽
마당이 하얗다

밤새 눈이 왔네
운동을 나가야 하나
말아야 하나
생각보다 덜 춥네
눈이 금방 녹겠는걸
가야지
목숨 걸고 다닐 것까지야
말아야지

갈까 말까 망설이다
밖에 나와 보니
마당에는 달빛이 하얗게 쏟아져 있었다

첫눈

첫눈이 왔다
펑펑 쏟아졌다
눈은 금세 사라졌다

햇살이 찬란해서

커다란 나무 사이
그늘에 숨은 눈을 발견했다
스마트폰으로 사진을 찍었다

비로소 첫눈이 왔다

기별

산속 빈집에 불이 들어왔다
누군가 왔다는 기별
그 안부가 반가워
깜깜한 마당에 오래 서 있었다

잘 계시지요?
저도 잘 있어요

겨울나무 사이로 빛나는
먼 불빛을 잠깐 끌어안고
나의 안부를 보내는 동안
개울물도 봄으로 흘렀다

개들이 짖는 동안

개애애애애 사아아암니다
개애애애애 사아아암니다

나무 아래 졸던
우리 집 개
벌떡 일어나 짖었다
옆집 개도 짖었다
동네 개들이 일제히 짖었다

개애애애애 사아아암니다
개애애애애 사아아암니다

개 소리 사이
사람 소리 사이

여름 마당으로
바람 한 자락 들어갈 자리 없이
쏟아지는 땡볕

2부

산문이 뭐예요?

책을 좋아해요
책 있는 공간에서는 마음이 편안해요
쉬는 것 같아요
그래서 서점에도 자주 가요
인터넷 서점보다 진짜 서점이 좋아요
책을 만질 수 있잖아요
책을 보면서 고를 수도 있고요
책을 정말 좋아해요
철학책도 좋아해요
책은 많이 읽지 못했어요
일이 좀 많았거든요
그동안 읽은 책은 주로 에세이예요
에세이는 많이 읽었어요
에세이가 좋더라고요
근데 이 책은 산문집이네요
산문이 뭐예요?

충실한 독자 일기

서교동 빵집이었다 어쩌다 점심을 못 먹었고 빵집에 들어가 샌드위치와 커피를 주문해 한쪽 테이블에 앉았다 두리번거릴 것도 없이 사람이 거의 없고 햇살이 가득했으므로 나는 햇빛을 피해 앉았다 빵을 막 베어먹으려던 순간 눈부신 햇살 속으로 누군가 걸어와 말했다

안녕하세요선배님.

나는 눈이 부셔 선뜻 그를 알아보지 못했다 눈을 크게 떴나 아니면 고개를 갸웃했나 그가 자기 이름을 말했다

아, 안, 녕, 하, 세, 요.

그는 이제 유명한 작가였다 나는 그가 나의 후배인 줄은 알고 있었으나 그가 나를 선배로 알고 있는 줄 몰랐다 내가 그와 함께 앉아야 하나 말아야 하나 말을 놓아야 하나 높여야 하나 갈피를 못 잡고 서성대는 동안 그가 말했다

점심이늦으셨네요그럼식사하세요저는그럼이만.

그는 다시 눈부신 햇살 속으로 걸어 들어갔다 나는 혹시 그를 만난 적이 있었나 생각했다 아주 오래 전 그러니까 그가 학교를 막 졸업하고 한 출판사에서 일할 때 같이 일하던 친구를 만나러 가서 만났던 것 같은, 그러나 그가 그인 줄은 기억이 잘 나지 않는, 나는 그에 대한 기억이 없고 그는 나에 대한 기억이 있는가 싶은, 그러나 그게 무슨 상관이람

그가 나를 아는 척한 게 좋은 건가, 싫은 건가 나는 샌드위치를 입안 가득 밀어넣고 커피를 마시다 뜨거워서 하마터면 샌드위치를 뱉을 뻔했는데 그러면서도 그가 나를 왜 아는 척했을까 생각하다 그가 나의 이 꼴을 바라보고 있는 것만 같아 차마 그가 있는 쪽을 보지 못하고 입 천정이 뜨거워 눈물을 찔끔 흘리고 말았다

그도 혼자였고 나도 혼자였고, 그가 먼저 나갈까 내가 먼저 나갈까, 내가 먼저 나간다면 나는 저 빛 속을 뚫고 가서 그의 얼굴을 보고 인사를 해야 하나 말아야 하나, 아, 햇살은 정말이지 뜨겁구나 에어컨이 세게 돌아가는데도 나는 덥기만 하고

드디어 샌드위치를 다 먹고, 드디어 남은 커피도 마저 마시고 나는 일어나 그를 향해 아니 쏟아지는 햇빛을 향해 한 발짝, 두 발짝 내딛었을 때 그가 반짝 일어나서 저 햇빛 건너 그늘진 곳에서, 초록초록 빛나는 떡갈고무나무 옆에서 고개를 숙였다 나는 더, 더, 더 나아가려는 발을 그만, 뒤로, 뒤로 한 걸음 물러서면서 고개를 숙이고 나서 손을 흔들까 갑자기 생각이 났지만 얼른 뒤돌아서서 빵들 사이를 지나, 걸어나왔다 내가 걸어가야 하는 방향으로 가면 그가 또 유리창 안에서 나를 봐야 하는 자리, 나는 뒤돌아서 다른 방

향으로 걸었는데

그가 신간을 냈다
그의 소설은 언제나 좋다

시집을 읽다

살구나무가 나오고 흙내가 나오고 상사화도 나오고
보리밭도 나왔다, 가지나물도 나오고 늙은 호박도 나오고
공장에서 재봉틀 돌리는 어머니도 나왔다
시인은 대체 나이가 몇인가
앞날개로 가서 시인의 이력을 살핀다
젊은 시인의 얼굴을 한참, 바라봤다

사이비 종교에 빠진 엄마가 나오고
다단계에 빠진 누나가 나오고
공중전화에서 애인에게 전화 걸기를 망설이는
사내가 나왔다, 공사판에서 아버지는 밀린 급여도 못 받고
시인은 곰팡이가 피어난 벽에 기대고 잠든다
시인은 대체 나이가 몇인가
앞날개로 가서 시인의 이력을 살핀다
이제 이십대인 시인의 얼굴을 한참,
바라봤다

지금은 2023년,
그는 오늘도 시를 쓴다

시인

스물둘에 시인이 된 그는
오십 넘은 지금
김밥집에서 김밥을 말고 있다
그가 한때 시인인 줄 아무도 모르고
그도 역시 잊은 듯 살았으나
그는 가끔 앓고 일어나
혼자 소주를 마셨다

김밥집에 오는 사람들은
그를 아줌마라고 불렀다

쉰에 시인이 된 그는
육십 넘은 지금
김밥집에서 김밥을 말고 있다
그가 시를 쓰는 줄 아무도 몰랐는데
그가 시집을 냈다
김밥을 말다 시가 튀어나오면
얼른 볼펜을 집어들었다는
그는 가끔 앓고 일어나
혼자 소주를 마셨다

김밥집에 오는 사람들은
그를 시인이라고 불렀다

콩나물김칫국

그러니까 내가 술에 취해서 시어머니 손을 붙잡고 했던 말을 하고 또 하고 했던 밤, 어머니 제가 술 취한 것은 아니고요, 술을 먹긴 먹었는데 술을 먹을라 먹은 게 아니고요, 그 애가, 그 애가 엄마와 살 수 없다고, 그 애 월급을 몽땅 술값으로 날렸다고, 빚도 많고 살 수가 없다고, 그래서 술을 좀 사 달라고 집 앞까지 왔는데 안 사 줄 수가 없어서, 치킨을 먹었을 뿐인데요, 저는 절대 술 같은 것은 안 마시려고 했는데요. 아주 조금 먹긴 먹었지만, 제가 술에 취한 것은 절대 아니고, 어머니 아시지요? 제가 술을 안 먹었다는 걸, 꼭 아셔야 해요, 어머니.

다음날 아침상에 올라온 콩나물김칫국물을 마시고 또 마시는 내게 어머니께서 말씀하셨다

내가 애만 배면 술을 먹고 싶었다 술 한 모금 마시지 못하는 내가 첫애 임신했을 때 막걸리가 너무나 마시고 싶었다 장날 몰래 사온 막걸리를 마시고 취해 저녁밥을 못 지었다 그때 시어머니가 나 대신 밥을 해서 주시는데 멸치대가리 넣고 끓인 김칫국이 그렇게 시원했다 나는 애 낳는 것보다 애 배서 술 먹고 싶은 게 더 무서웠다 둘째 임신했을 때

는 어머니가 아예 막걸리를 담가 놓으셨지 시아버지도 남편도, 아무도 술을 안 마시는 집안이다 보니 장날 내가 술 사는 모습을 동네 사람이라도 볼까 겁내셨던 게지 그 덕분에 셋째도 낳고 넷째도 낳았지 내가 평생 먹은 술은 그게 다였다 술이 맛있다는 걸 그때 알았지 그래도 얼마나 다행이냐 내가 처녀로 살았으면 술맛을 모른 채 죽었을 텐데

기억에 대하여

부모는 일찍 집을 나갔고
언니들도, 동생들도 없는
집에 혼자 있었다
심심한 나는
골목 끝으로 걸어나갔다
큰길가에는 전화국이 있었고
계단 몇 개를 따라 올라가면 커다란 문이 있었다
나는 계단을 올라가
난간을 타고 내려왔다
지칠 때까지
아무도 제지하는 사람이 없었다
휴일이었을까,
나는 여섯 살이나 일곱 살이었을 것이다
엄마는 바지 엉덩이가 닳았다고 야단을 쳤다

하루는 큰길을 건너 조금 더 멀리 나아갔다
가장 큰 건물인 교회가 보였고
안에는 똑같이 노란 옷을 입은 아이들이 노래하고 있었다
앞에서 노래하고 춤추던 어른이 나를 데리고 들어갔다
아이들을 따라 나도 노래하고 춤을 췄다

앞에 서 있던 어른이 춤을 추다 박수를 쳤다
내가 살던 시골 교회에서도 노래하고 춤췄다
그 어른이 말했다
유치원에 다니고 싶으면 엄마 모시고 오세요

하루는 교회보다 더 멀리 나아갔다
쌀집도 있었고 채소 가게도 있었고
아주 많은 사람들이 지나갔다
시장에는 호떡을 구워 파는 집이 여럿이었다
사람들이 호떡을 호호 불면서 먹다 꿀을 흘리다
나를 쳐다봤다 호떡집 아저씨가 소리쳤다
돈 갖고 와서 사 먹어!

부모는 밥을 벌러 갔을 것이다
아직 어린 언니와 동생들은 어디로 갔을까
왜 그 동네에는 또래 친구들도 없었을까
유년 사진 한 장 없는 나의 저 시절은
온전한 기억일까

채석강

내가 그곳이 어딘지 몰랐을 때 너는
채석강에 다녀왔다고 했다, 혼자
큰 눈을 뜬 듯 감은 듯
채석강을 이야기할 때
나는 그곳이 어딘지 몰라
내가 쉽게 갈 수 있는 곳이 아닌
저 먼 나라, 중국을 생각했다
강물에 뜬 달을 잡으려다 빠져 죽었다는 이태백처럼
네가 그곳을 가면 다시 돌아오지 않을 것 같았다

너는 바다라고 하는데
나는 자꾸 산을 끼고 흐르는 계곡을
생각했다, 너 네 말 듣니
너는 물었다
너는 내가 사라질까
나는 네가 사라질까

그 후 오래 나는 네 긴 퍼머머리조차
내 짧은 커트머리가 따라갈 수 없는 것처럼 보였다

채석강에 가려고 간 것은 아니었다
모항에 가려고 떠난 길에서 채석강이라는 표지판이
나를 세웠다 너는 채석강 어디에 있었을까
네가 섰던 자리는,
네가 앉았던 자리는,
네가 걸었던 자리는,

바다를 품은 채석강에서
늙어가는 중인 여자가 멍게를 다듬었다
여자는 퍼머머리를 틀어올렸고
멍게 색깔 같은 뿔테안경을 끼고 있었다
여자가 다듬은 멍게 접시를 내밀고
소주잔을 내밀었다
나는 너의 이름을 불렀다
바다가 너를 껴안을까
바다가 나를 껴안을까

새벽 기도

새벽 4시
내가 가장 아끼는 노리다케 그릇에
생수를 따라 베란다로 나가요
내가 나를 기억하기 전부터 믿었던
하나님께 기도하고
스무 살 애인 따라 송광사에서 만난
부처님께 기도하고
남편이 기도하던 성모 마리아에게도 기도하죠
그러다 천지신명님을 부르기도 하는데
내가 아는 신이 딱 그만큼이어서
더 많은 신을 불러내고 싶어도
불러낼 수 없는 게 안타깝지요
머리를 조아리고
손바닥을 비비다가
팔을 하늘로 쭉 뻗기도 해요
어떤 신이든 제발 내 기도를 들어달라고요

어느 날 경비실에서 연락이 왔어요
새벽마다 들리는 이상한 소리로
민원이 들어왔다고요

내 기도는 아직 아무 신에게도 닿지 않았는데
신이 이웃집에 산다면 얼마나 좋을까요
그래도 어제의 기도로 어제를 살았으니
신에게 기도가 닿은 걸까요?
오늘 지금 이 순간도 나의 삶은 기도 덕분일까요?

어느 날 목욕탕에서

엎어진 그의 한쪽 이마에서 피가 나고
팔꿈치에서 피가 났다
금세 입술이 파랗게 변했다

똑바로 눕혀!
일일구에 신고해!
심폐소생술을 해야 해!

누군가 그를 똑바로 눕히고
누군가 심폐소생술을 하고
누군가 그의 굳어가는 팔을 주무르고
누군가 그의 식어가는 다리를 주물렀다

그동안
누구는 때를 밀었고
누구는 뜨거운 탕 안에 들어가 있었고
누구는 수건으로 물기를 닦아내고
누구는 탕 밖으로 나갔다

마침내 구급대원들이 와서 그를 싣고 갔다

벌거벗은 사람들은 저마다 돌아앉아 제 몸에 집중했다

정숙이와 제인

사람들이 정숙이에게 제인이라고 부를 때
정숙이는 방긋방긋, 또박또박, 큰 목소리로
매우 친절하게 말했다

유어독이즈소큐트!
유어드레스이즈베리나이스투데이!

정숙이가 낯선 땅에서 제인으로 살아가는 일은
우렁차게, 씩씩하게, 언제나 밝게,
그리고 친절해야 하는 일

상냥한 사람

한없이 머리를 조아리고
꽃처럼 화사하게
언제나 다정하게
이토록 상냥한,

길에서 깡통 하나 발견하고는
일껏 발로 찼는데
헛발질로 깡통은 그 자리에 그대로,
허리를 삐끗하고 말았다

집으로 돌아와
이 빠진 접시 하나 골라
바닥에 내동댕이쳤다
작은 조각 하나
검지손가락에 박혔다

내일도
상냥하게머리를조아리고웃음가득한얼굴로화사하게피어나야하는데

나를 소비하다

누구도 나를 향해 다정한 인사를 건네지 않으므로
나는 나를 향해 다정한 인사를 건네기로 했다
고객을 대하는 점원처럼 활짝 웃으며 허리를 숙였다
그러자 어깨가 으쓱해졌다
권리를 한껏 가진 고객님의 자세가 된 것이다
나는 나를 소비하기로 했다
나는 나를 더욱 극진히 모셔야 했다
고객님께서 맘껏 소비할 수 있도록
고객님께서 더 많은 돈을 쓰도록
그리하여 잠깐이라도 고객님께서 충만히 피어나도록
그러나 나는 이내 소진되어
남루를 걸쳤다
누구도 나를 향해 다정한 인사를 건네지 않았다
나는 나를 향해 가만히 미소를 지었다

나도 안타깝지만

나도 내가 누구인지 말하고 싶어요
그러니 제발
나더러 누구냐고 묻지 말아요
나는 당신에게만 내가 아녜요
당신이 나에게만 당신이 아닌 것처럼
여럿의 나와 당신이 있잖아요
당신하고 나 사이
수많은 당신과 내가 있고요
그러니 어떻게 나를 누구라고 말할 수 있겠어요
오늘은 오늘의 나로 살아가고
내일은 내일의 나로 있을게요
그래도 다행인 건
목소리는 그대로이니
우리가 서로를 알아볼 수 있잖아요
당신이 나를 찾아 접속하는 동안은

남자와 피아노

그가 한때 그의 꿈을 끌고 나온다
그가 한때 그의 어머니의 꿈을 끌고 나온다

그의 어머니가
삼익피아노를 중고로 사들였을 때
그는 동네 피아노교습소 영재였다
혹시 우리 아이가 정명훈처럼,
혹시 우리 아이가 임동혁처럼,
그의 어머니는 하루종일 식당에서
아들이 무대에서 빛날 순간을 생각했다

그가 피아노를 해머로 때린다
피아노 옆판과 발통을 제거한다
피아노가 옆으로 쓰러진다
피아노 아래통을 다시 해머로 내려친다
땀이 난다
해머뿐만 아니라 빠루도 필요하다
피아노 프레임은 이제 고철로 팔려갈 것이다

어린 시절에는 매일 피아노를 쳤는데

어른이 된 그는 매일 피아노를 부순다
매일 피아노를 부숴야 먹고산다
그는 어린 아들에게
절대 피아노를 가르치지 않았다

감자

— 소설가 S에게

나는 감자를 보면 그가 생각났다
30년 전쯤 그가 말했었다
난감자를안먹어어렸을때밥대신하도감자를많이먹어서

나는 감자를 보면 네가 생각났어
20여 년이 지난 후 그가 말했다
네가다이어트를한다고감자만먹고있다고했거든

10여 년이 지난 어느 날
오래된 식당에 앉아 우리는 감자조림을 먹었다

3부

어떤 날들

더는 쓸모없이 버려지는
날들,
버려진 것조차 잊는
날들

늙은,
병든,

휴대폰조차 소유하지 못하는
남은 날들

맘과 몸

맘을 다 해도
내 몸을 움직일 수 없다

맘을 꽉 채워도
다다를 수 없는
누운 몸의 세계

몸은 맘을 떠난 걸까
맘이 몸을 떠난 걸까

몸을 보듬어도
맘을 보듬어도
서로 먼 몸과 맘은
만나지지 않는다

그 여자는 화가 난다*

왜 밥을 흘리고 먹느냐,
왜 엉뚱한 소리를 하느냐,
왜 똑같은 말을 반복하냐,
왜 지팡이는 안 짚고 다니느냐,
왜 약은 제때 챙겨 먹지 못하느냐,
왜왜왜왜왜왜왜왜왜왜왜왜왜왜왜왜왜왜

밥을 흘리고 먹는 여자가,
엉뚱한 소리를 하는 여자가,
똑같은 말을 반복하는 여자가,
지팡이 따위는 싫다는 여자가,
약 같은 것도 먹기 싫다는 여자가,
자꾸 화를 내는 여자의 등을 쓰다듬는다

아가,
우리 아가,

거친 손이 한없이 부드러워
그악스럽던 목소리가 한없이 따듯해
그 여자는 꿈속에서도 화가 난다

*마야 리 랑그바드의 소설 제목.

창피한 것은 면해야지

그냥 다리에 힘이 축 풀리더라고,
깨어보니 아스팔트에 코를 박고 있는데
뜨거운 기운이 계속 올라와 얼굴이 화끈거리고,
요즘 날이 얼마나 더워 아스팔트가 열받아
그렇게 뜨거운 줄 몰랐네, 정신을 잃었다
깨어나서 식은땀도 나고, 더워서 땀도 나고
얼굴로 줄줄 땀이 흐르는데 꼼짝을 할 수가 없어,
휙휙 차들이 지나가는 소리는 들리는데
멈추고 내리는 사람이 없더구만 시골 바닥에
걸어다니는 사람은 없고, 이러다 딱 죽겠다
싶었어, 사람 목숨이 그렇게 쉽게 안 끊어지는 법
차 한 대가 멈추고 나를 일으켜세우더만, 그제야
살았다 싶었지, 나이든 남자가 나더러 일일구를
부를까 물었는데 뭔 일일구까지 부를까 싶어 됐다고,
정신 말짱하니 저 길가 슈퍼까지만 데려다 달라고,
거기서 물 한 그릇 얻어 마시고 아들에게 전화했지
넘어지면서 얼굴에 상처가 난 모양이야, 아들이 놀라더만
그래도 머리 안 다친 게 어디야, 다리 안 부러지고
읍내 의원 가서 제일 비싼 영양제를 놔 달라고 했지
무섭더라고, 또 그런 일이 벌어질까봐

큰 병원 가봤자 별 거 있겠나
영양제 맞고 쇠고기 좀 먹어야겠다 싶었지
그 일 있고 난 후 장날 가서 속옷을 많이 샀어
그날 집에 와서 보니 내가 해진 속옷을 입었더라고
정신 잃고 병원 실려갔으면 어쨌을까,
얼굴이 다 벌개졌지 죽으면 그만이지만
그래도 창피한 건 면해야지 않겠나 싶어서

바로 곁에 죽음이

나는 하마터면 그 양반이 죽는 줄 알았다니까
얼마나 놀랐는지
그만 화장실에서 콱 고꾸라져서는 숨소리도 안 냈다니까
이번에는 정말 가는 줄 알았어
그래서 그 밤에 일일구를 부른 거지
사실은 이번이 처음은 아니야
벌써 너덧 번째야
처음에는 다리가 후들거려서
내가 먼저 죽는 줄 알았다니까
근데 그렇게 까무라쳤다 다시 살아나더만
그래도 무섭지, 무서워
이번에도 무서웠어
그래도 깨어날 줄은 알았지
그 양반은 암것도 기억이 안 난다네
그것 참 신기한 일이지
댁도 신기하지?
기억이 안 난다는 게 말이야
아무튼 그런 일이 있었소
나는 이만 가오

그는 집 쪽으로 몇 발짝 뗐다
다시 뒤돌아 말했다

어떻게 그렇게 까무라치지?
무서워, 무서운 일이야
죽음이 바로 곁에 있어

좋은 내 집

말도 말아
요양병원에서도 우리 같은 사람이 가면 차별받아
내가 돈이 있나 자식들 명함이 있나
다리 수술하고 요양병원에 두 달 있는 동안
알았지, 거기나 저기나 사람 사는 곳은
다 똑같아, 없는 사람은, 나 같은 사람은
어디서나 무시당해 그래서 요양병원 안 가려고
기를 쓰고 수영을 다니는 거야
버스가 저 앞에서 내려주는데
다리도 아프고 숨이 차서 요 조금 걸어오는데
몇 번을 쉬었네, 나는 그저 오늘만 살길 바라
제대로 먹지도 못하고 내 땅만 파다 죽는데
어쩌겠나 이렇게 타고난 팔자인걸
여기서는 그래도 내가 농사 지으면서
공기 좋은 데서 맘껏 사는데
요양병원에 가면 얼마나 차별받을까
벌써부터 무서워, 세상이, 세상은
어디나 다 똑같아 어디고
그래도 여긴 좋지, 여긴 좋아
여기가 내 집이니 좋지

겨울이 지나면

겨울 동안 딸네 가네
겨울 나고 몸이 좋아져서 오려고
나라고 딸네 집이 편한 건 아니지
품안의 딸도 아니고
내 집이 젤로 편하지
그래도 올 겨울은 무서운 생각이 드네
혼자 있다 일을 당할까 싶어
팔십을 넘겼으니 많이 살긴 살았지
나는 이렇게까지 살 줄 몰랐어
그래도 요즘은 구십도 넘게들 사니
아직 이른 것 같기도 하고
갈 때 가더라도
건강하게 있다 가고 싶어
혼자 쓰러지면 어떡해
젊었을 때는 무서운 것이 없었는데
나이드니 자꾸 무서운 게 많아지네
딸네 가서 잘 먹고 운동도 좀 하고
건강해져서 올 테니 봄에 보자고

옛집을 가다

어느새 늙은 아들을 따라 옛집에 가는 동안
그녀는 뒤곁 장독대에서 익던 감을 생각했다
그 뒤 대숲에 불던 바람도 생각했다
그러자 끓던 약탕기에 주저앉은 아직 어린딸이 따라왔다
놀란 시아버지가 딸의 엉덩이를 오줌통에 담갔던 것도
툇마루에 눕혀놓고 진흙을 처발랐던 것도 따라왔는데
딸의 엉덩이를 본 게 언젠가 생각하다
그녀는 이제 손녀까지 본 나이든 딸의 얼굴이 떠올랐다
너무 오래 살았다, 구십 년이라니

그동안 주인이 여럿 바뀐 옛집은
흔적 없이 사라지고
새로 생긴 길 위로
건물들이 들어섰다
여긴가 저긴가,
아들이 집터를 찾는 동안
그녀는 머리 허연 아들에게 말했다

집에 좀 데려다주세요
아저씨

싸움

이 방에 여섯 명이 있는데
여기서도 쌈질을 한다
머리채 잡고 싸울 기세인데
다들 기저귀 차고 누운 신세
말로만 싸운다

밥이 맛있네 맛없네
목소리가 크네 작네
텔레비전을 여기 보자 저기 보자
저 간호사가 예쁘다 이 간호사가 예쁘다
고등교육 받았으면 뭐하냐 아들도 못 알아보면서
왜 나한테 반말하냐 너도 반말하지 않았냐
너 나이가 몇이냐
팔십도 안 된 것들이 난 구십이 넘었다

살아 있으니까 쌈질을 한다
죽으면 싸움도 못한다
종일 혼자 있는 집보다
나는 여기가 좋다
돈 들어가는 게 문제지
사람 구경도 하고

나를 아껴준 당신에게

당신허고사는동안조아써요
애들도당신달마잘생겨찌요
나는당신이잘생겨서조아꺼든요
울아버지가사진을보여주어쓸때
한눈에반해땁니다
나는예쁘지아는데
당신이나를예쁘다고해서
고마워써요
당신이처음선물한게
분첩이어찌요
분내가차암조아써요
아까서내가쓰지모타니까
당신이터어턱발라주어찌요
다시사준다면서요
칠십년전의이린데
어쩌녀그가타요
당신도알게찌만
나는얼마못살거가타요
이고세드러오면몬나간다더니
진짜로그러내요

다리에힘이업쓰니
거를수가업꼬
손도떨려요

그래도꼬옥
당신헌테말을해야할거가타
씀니다
고마워써요
그리고수고해써요
나는당신업쓰면몬살지만
당신은나업써도살수이쓰니
더살다오셔요
하늘나라에서기다리고이쓸게요
꼬옥천천이오세요

나를애껴준당신
죽어서도사랑합니다

이보다 더 편할 수는 없다

삼시세끼 떠먹여주고
세수도 시켜주고
목욕도 시켜주고

밥을 못 먹으면 링거 꽂아주고
맥을 못 추면 또 영양제 꽂아주고
죽을 틈을 주지 않는다

이미 늙은 남편과
늙어가는 자식들
나를 보러 와서는 물끄러미 보기만 하고

세상 편해, 이보다 더 편할 수는 없어
심지어 똥오줌도 누워서 싸니
어떻게 이렇게 편할 수가 있나

평생 자식 걱정,
끼니 걱정하며 살았는데
지금은 하나도 걱정이 없어

너무 편해서 그런가?
이상해, 참 이상해
이렇게 살아도 살아지는 게

밥만 먹으면 산다

먹는 건 악착같이 먹어
배부르게 먹어
근데 화장실을 못 가
그냥 누워서 싸
큰 기저귀를 채워줬거든
난 화장실이 어딘지도 몰라
여기 있는 사람들 다 같아
여기 와서 한 번도 신발을 안 신었네
정신줄이 왔다갔다 하는 사람도 있는데
그래도 난 정신은 말짱해
밥때 되면 밥 주고
조금 지나면 간식 주고
다들 잘 먹어
나도 잘 먹어
다 나더러 언니라고 해
내가 나이가 제일 많으니까
그래도 나가야지
언제나 내보내줄라나
물어보면 자꾸 웃기만 해
어쨌든 밥만 먹으면 사니까

잘 먹어야 해
나는 잘 먹어
악착같이 먹어
살아서 나가려고

우는 남자 앞에서

머리 허연 남자가 그녀 앞에서 운다
누구세요, 물으려다 그녀는 입을 다문다
그녀를 보고 엄마라고 그 남자가 말한다
나는 언제 저런 아들을 두었나

　나는 엄마를 잃었어요 아직
　내가 아이였을 때 엄마가
　사라지고 아버지는 혼자였어요
　나는 아버지도 사라질까
　아버지 그림자를 따라다녔어요
　누가 널 데리고 갈까,
　동네 사람들이 말할 때마다
　나는 아버지 그림자를 짓이겼어요
　아직 젖꼭지가 붉어지기 전이었어요

그녀는 우는 남자를 오래 바라본다
아버지 같은 남자,
마당에 동백을 심었던 남자,
동백꽃을 손에 올려주던 남자

그녀는 우는 남자를 보고 말한다

아버지, 집에 가고 싶어요

요양병원 311호

하루나 이틀이라고 생각했다
길면 사나흘, 그녀는
영양제 좀 맞으면
소태 같은 입맛도 돌아와
밥 한 그릇 뚝딱은 아니어도
두세 숟가락 뜨고 나면
두 다리로 걸어서 나가리라
생각했다, 자식들 고생시키지 말아야지
혼자 다짐하며

며칠이나 지난 것인가
그녀는 날짜를 알 수 없다
자식들은 누가 왔다갔나
남편은 언제 다녀갔나
그녀는 알 수 없다
왜 엉덩이는 내 맘대로 들썩여지지 않나
왜 다리는 내 말을 안 듣나
우리 아버지 밥은 누가 하나
일찍 돌아가신 불쌍한 우리 어머니
마침내 그녀는 엄마를 부르면서 운다

아흔 살, 그녀가
엄마를 부르며 운다
눈물 한 방울 흘리지 못한 채

발톱 깎는 시간

지금
서울 아들네보다 더 먼 곳은
내 발가락

요양보호사가
내 발을 씻기고
발톱을 깎아준다

이생이
점점 몸으로부터 멀어진다

4부

못 견디겠다라는 말

이렇게 사는 게 사는 것인가 싶다가도
이렇게라도 살아 있으니 다행이다 생각한다
그는 얼른 죽어야지 말하는 대신
밥때가 되면 밥을 먹고
잘 때가 되면 눕는다
오락가락한 잠이라도
왔다가도록

정 잠이 오지 않는 날에는
일어나 다시 텔레비전을 튼다
그러면 또 잠이 든다
앉은 채로

그는 자다 깨
꿈속처럼 말한다
못. 견. 디. 겠. 다.
외. 롭. 다.

텔레비전 소리가 그의 말을 삼킨다

큰소리

그는 비로소 깨닫는다
큰소리쳤던 상대는
자식들이 어릴 때를 제외하곤
오직 아내뿐이었다는 것을

아. 아. 아
아. 아. 아
아. 아. 아아아

소리가 점점 커졌다
방이 울렸다
자신의 목소리가 낯설어서
그는 잠깐 멈칫한다
사람 소리구나
오랜만에 듣는 그 소리가 좋아
그는 얼굴을 젖히고 크게 또 내지른다

아아아아아아아아아아아아아아아아아아

한낮 빈집이 흔들린다

70년은 살았는데도 모른다

벽에는 아내가 그린 해바라기가 여러 장 걸려 있다
아내는 몇 달 동안 똑같은 해바라기만 그렸다
요양보호사가 다른 그림을 내밀어도
아내는 해바라기만 그리고 싶다고 했다
아내가 해바라기를 좋아했던가
그도 알 수 없다

70년을 함께 살았는데도
아내에 대해 알 수 없다
점점 더 알 수 없다
아내가 좋아했던 육고기도
아내가 좋아했던 사과도
아내가 좋아했던 칼국수도
아내는 이제 다 싫다고 했다

이것 좀 먹어봐라
저것 좀 먹어봐라
아내의 입은 좀처럼 열리지 않았다

낯선 아내가 불쌍해서
그는 싱크대 수도를 틀어놓고 울었다

은행에서

은행에 뭔 사람들이 이렇게 많나
번호표를 뽑아들고 그는 빈자리를 찾는다
같이 온 딸이 먼저 자리를 찾아 손을 흔든다
혼자 오고 싶었는데
굳이 차를 태워온 딸이 원망스럽기까지 하다
큰아들 병원비 보태라고 돈 좀 보내려는데
그는 딸 모르게 하고 싶다

통장에는
돈이 드나든 모양새가 다 보인다
많든 적든
형제간 우애가 다칠 수 있다
흉허물 없이 자란 형제도
제각각 살림을 차린 후에는
남남이다
자식들이 그럴 리는 없겠지만
살아보니
그도 형제들 때문에
부모에게 서운했다

그나저나
은행엔 왜 이렇게 사람이 많냐
은행은 왜 그렇게 일찌감치 문을 닫냐
그는 애먼 은행을 탓하며 궁시렁댔다

눈 감고 밥을 먹다

냉장고 문을 열고 그는 한참 서 있다
바로 앞에 있는 반찬통 두 개를 꺼냈다
플라스틱 뚜껑 위에는 깍두기, 나박김치라고 쓰였다
잠시 망설이다 그는 그대로 포개 들고
식탁에 앉았다 엊저녁에 한 밥은 아직 보온 상태

딸과 며느리들이 반찬을 들고 오면
그는 매직펜을 들고 와 적었다
그들이 다녀갈 때마다
냉장고 안은 깔끔히 정리된다
손대지 않은 제육볶음 대신
새로운 소불고기가 들어가고
고등어조림 대신 병어조림이 들어가고
딸네 김치와 아들네 김치가 나란히 들어가고
멸치볶음과 어묵조림과 사골국물과 시금치나물과

그냥 한 끼 때울 뿐
배도 고프지 않아
시계를 보고 먹는데
사실은 먹는 것도 귀찮다

밥 한 숟가락 입에 넣고 한참 오물거리다
그는 아내의 목소리를 듣는다

입맛 돌게 봄동을 무쳐드릴까
콩나물잡채를 해드릴까
애호박 하나 사다 전 부쳐드릴까

그는 눈을 감고 밥을 먹는다

아내의 봄동무침 한 번 집어먹고
새콤한 콩나물잡채 한 번 집어먹고
달큰한 애호박전 하나 집어먹고

삼시세끼

점심상을 물리며 아내가 말했다
오늘 저녁은 뭘 해 먹을까
그는 굴전을 먹고 싶다고 했다
아내는 궁시렁대며 말했다
난 김치전이나 해 먹을라 했는데
그럼 나가서 사오시든가

그는 슬슬 아내를 꾄다
같이 바람도 쐴 겸 나가자고
한사코 귀찮다던 아내는
어느새 옷을 입는다

깨어나
그는 뭘 먹고 싶나 생각하고
아내는 뭘 먹으면 좋을까 생각한다
먹고,
먹고,
또 먹고 잠든다

삼시세끼가

가장 중요한 생활,
그러고보니 살아온 일도
삼시세끼를 먹는 것
그는 아내 손을 잡고
시장을 향해 오래 걸었다

아내 냄새

깜짝 놀라 눈을 떴다
텔레비전에서는 여성옷을 판매하고 있다
잠깐 앉아 있는다는 것이
잠이 들었던 모양이다
일어나 침대로 가려다
잠깐 망설인다
그의 침대는 왼쪽
아내의 침대는 오른쪽
그는 아내의 침대를 한참 바라본다
짓무른 눈가를 한번 훔치고
아내의 침대로 간다
아내의 몸처럼
아내의 이불을 덮는다
엎드려 아내의 베개에 얼굴을 묻었다

50년 전쯤
그가 샴푸를 처음 사왔을 때
아내는 쥐똥만큼 샴푸를 덜어내 머리를 감고서는 말했다
냄새가 참 좋네

아내의 베개에서는 샴푸 냄새가 나지 않았다
그는 아내가 썼던 샴푸들 냄새를 떠올렸다

아내가 없는 것처럼
냄새도 모두 떠났다
아내의 냄새가 생각나지 않았다

저녁

밖이 어두워졌다
그는 옷을 챙겨 입었다
잠이 오려면 아직 밤은 멀었다
요양병원까지는 천천히 걸으면 30분
왔다갔다 1시간 30분은 소비할 수 있다
눈이 녹지 않아 골목은 곳곳이 빙판이다
왜들 이렇게 눈을 치우지 않는지
전에는 골목 저 끝까지 모두 치웠던 그다
숨을 학학 내쉬며 들어오면 아내는 말했다
잘했어요, 복 받을 거예요
이제 그 아내를 만나러 간다
골목의 눈을 다 안 치웠다고 혼낼까
생각하니 슬며시 웃음이 나왔다

요양병원은 어둡다
현관문 앞에 서서 그는 숨을 몰아쉬었다
급하게 걸었나
시계를 보니 28분 걸렸다
예전에는 요양병원 앞 터미널까지
15분이면 왔다 갔던 그다

그곳에서 아내와 함께 서울 아들네를 가곤 했다
배추김치, 고들빼기김치, 파김치, 메추리알간장조림,
오징어채볶음, 멸치볶음 같은 것들이 가득한 박스를
한 번도 무거운 줄 모르고 들고 다녔다
손맛이 참 좋았지, 생각하자
그는 아내가 끓여준 된장찌개가 먹고 싶어서
목이 뜨거워졌다

요양병원 건물 뒤는 주차장이다
그는 주차장을 한 바퀴 돌고
아내가 있는 3층 병실을 올려다보고
아내에게 전화를 할까 말까 망설이다
천천히 천변을 따라 집으로 돌아왔다

안방에서 텔레비전 소리가 났다
그는 깜짝 놀랐다
혹시 누가 왔나 싶어 얼른 방문을 열었다
아무도 없다
그가 나가면서 켜놓았던 것이다
시계를 보니 1시간 40분이 지났다

그는 노트를 펴고 적었다
6시 출발 7시 40분 귀가, 아내 문병

텔레비전에서 웃는 사람들을 보다
그는 울음이 나왔다
혼자 이렇게 울어본 적이 언제였나
그는 더 크게 울었다
그러자 그는 어린아이가 된 것만 같았다
그는 더 크게 울었다
엄마를 부르며

그는 이제 아흔한 살이다.

담배

가로등 아래에서
요양병원 건물을 바라본다
불빛이 침침하게 빛나는 동안
그는 아내의 환한 얼굴을 본다

코로나만 아니었어도
그는 매일 아내를 면회했을 것이다
지척에 두고도 만나지 못하는 것이
그는 한스러워
오래 끊었던 담배를 피운다
담배 때문에 죽어도
아무렇지도 않은 나이
아무렴 어쩌랴
잔소리할 아내도 못 만나는데

추석날

큰아들이 큰소리로 말한다
아버지, 나이를 생각하세요!

작은아들이 큰소리로 말한다
아버지, 제발 가만히 계세요!

큰딸이 큰소리로 말한다
아버지, 이젠 맘대로 하지 마세요!

막내딸이 큰소리로 말한다
아버지, 제발 우리 말 좀 들으세요!

보청기를 끼지 않아도 이렇게 잘 들리다니
저들은 얼마나 크게 말하고 있는가
보청기를 안 끼길 정말 잘했군

곁에 있던 어린 손자는 알 수 없다
왜 다들 할아버지에게 화를 내는지

늦둥이 손자와 눈이 마주친 그는

슬며시 손자의 손을 잡고
미꾸라지처럼 집을 빠져나가
오래 걸었던 천변으로 스며든다

흙에게 미안한 마음

그는 맨손으로 땅을 파곤 했다
파를 심을 때도
참깨를 심을 때도
옥수수대를 버릴 때도
고구마를 캘 때도

그는
여린 것들과
익은 것들과
생명을 다한 것들과
오직 손으로만 만났다
장갑은,
그에게 가짜 같아서
흙에게 미안하다

그의 형제와 사촌들이
서울로 떠나 좋은 학교에 다니고
교수며 판사며 사장을 하는 동안
그의 등은 굽어지고
아버지가 물려준 땅은

자식 넷이 크는 동안 팔려나갔다
그는 형제들이, 사촌들이
모두 가짜 같아
자식은 아내와 낳았는데
그 자식도 가짜 같을 때가 있다

그러거나 말거나
그는 말한다
난 몰라요,
오늘은 옥수수를 따야 해요
아이들이 오면 옥수수를 줘야 해요

그의 좁은 땅에는
옥수수가 키 높이 자라고
참깨가 하얀 꽃을 피웠다

개발사업

우리나라에서 젤 큰 회사 공장이 들어선다고 했다
내 사는 집값이 올랐고, 부치는 땅값이 올랐다
좋았다, 그렇다고 내가 사는 집을 떠나 살 것도 아니고
부치는 땅을 팔 일은 아니지만
나중에라도 자식들에게 물려줄 것이 많아진다니
좋을 밖에, 공장 들어선다는 말이 퍼지기가 무섭게
읍내에는 부동산중개소가 들어섰다, 밭 한가운데
가건물 세우고 부동산중개소가 문을 열었다

신도시 사는 장남이 와서 말했다
더는 회사생활 못해먹겠다고
작은 사업이라도 해야겠다고
서울 사는 둘째아들이 와서 말했다
직원을 늘리고 사무실을 옮겨야 한다고
그렇지 않으면 맨날 제자리라고
서울 사는 딸이 와서 말했다
요즘은 아들이나 딸이나 상속은 똑같다고
형과 누나들이 뻔질나게 드나들자
늙은 부모와 사는 마흔 넘은 막내아들은
헤벌쭉 입 벌리고 이리 뛰고 저리 뛰고

좋긴 좋다,
며느리가 놓고 간 케이크 상자보다
손주 얼굴 한 번 더 볼 수 있어서 좋고
딸이 해다준 갈비찜보다
딸 얼굴 한 번 더 볼 수 있어서 좋고
좋긴 좋다,
그렇다고 내 집을 팔고 갈 데가 없다
부쳐먹는 땅마저 팔고 나면
모자란 막내아들 데리고 뭘 해먹고 사나
자다가도 벌떡 일어나 생각한다
더 살아야지, 막내아들 때문에라도
내 이 땅은 못 판다 내일은
큰아들더러 보약 한 제 지어달라고 해야겠다
둘째가 나오려나, 아님 딸이 나오려나
에라, 차례로 지어 바치라고 해야겠다

밤

3 : 17
전자시계 숫자가 붉은 색으로 빛났다
팔을 옆으로 뻗는다
쇠붙이가 차갑다
아내의 손 대신 침대 난간이다
이제 아내는 이곳에 없다
옆 침대에서 숨소리가 나는 듯하다
아내의 거동이 불편해지고
병원용 침대를 들여놓았을 때 아내는 말했다
이젠 떨어져 자네
그는 언제나 아내의 가슴에 손을 얹고 잤다
날이 밝으려면 아직 멀었다
자려고 해도 잠은 안 오고
잠을 자도 잠들지 않는 밤이다

서로의 안부를 묻는 감자 먹는 사람들, 그리고 환대

우대식/ 시인

세상이 복잡하다. 복잡한 듯 보여야만이 현대적인 것이라는 강박에 사로잡힌 것처럼 보일 지경이다. 당연한 듯 보이는 삶의 원리가 배척당하고 궤변과 거짓으로 장착한 이들의 말이 세상의 주류처럼 행세하는 경우도 허다하다. 심지어 입에 독을 품고 타인을 욕하지만 가만히 생각해보면 그의 욕망과 나의 욕망이 동일한 바탕을 가지고 있다는 사실을 생각할 때 소름끼치도록 두렵기도 하다.

어쩌면 인간과 자연이라는 큰 틀은 인간의 역사 이래 항상성을 가진 유일한 기틀이라 할 것이다. 그러니 인간 스스로 '인간이 무엇인가'를 물을 때마다 자연을 들여다볼 수밖에 없다는 것은 매우 자명한 사실이다. 그럼에도 불구하고 애써 자연을 무시하고 외면하며 분열된 인간 내면의 그로테스크를 주되게 탐구해온 것이 현대 예술이라 할 수 있다.

임후남 시인의 시를 읽으며 받은 집약적 인상은 바로 삿됨이 없다는 것이다. 꾸며 만들어 자신의 의도를 관철시키고자 하는 욕망을 버리고 순리에 따른 삶이란 무엇인가에 대한 탐구가 시적으로 형상화되어 있다. 다시 말하면 자연이다. 누구나 알고 있는 물질로서의 자연과 본질로서의 자연을 총괄한 개념으로 자연을 넘나들고 있는 것이다.

자전거를 탄 아이가
재빠르게
벚꽃 속으로 들어갔다

봄으로 들어간 아이는
저 여름으로 내달렸다

노인이 자전거를 끌고
천천히
벚꽃 속으로 들어갔다
봄으로 들어간 노인은
꽃비를 맞으며
오래
서 있었다

—「벚꽃 풍경」 전문

이 한 편의 짧은 시는 임후남이 생각하는 자연이 무엇인지를 명확하게 보여준다. "아이"와 "노인"은 한 인물이다. 자전거를 타고 "재빠르게/ 벚꽃 속으로 들어갔"던 "아이"는 "여름으로 내달"려 "자전거를 끌고/ 천천히/ 벚꽃 속으로 들어간 노인"이 되어 등장한다. "꽃비를 맞으며/ 오래 /서 있"는 "노인"의 형상을 통해 인간이 어떻게 자연이 되어가는가를 감각적으로 보여준다.

인과적 과정이 생략된 채 "아이"가 "노인"이 되어가는 장면은 속도라는 감각을 통해 독자의 공감을 유발한다. "재빠르게"와 대치되는 "천천히"라는 수식어는 여타의 설명적 요소없이 "아이"와 "노인"의 속성을 여실히 드러내는 것이다. 벚꽃 아래 "아이"가 "노인"이 되어가는 장면은 자연 속에 자연스러움이라 할 것이다. 이 자연스러움에 대한 무한한 긍정은 세계를 바라보는 시점과도 필연의 연관성을 띠게 된다.

나무를 심으려고 땅을 팠다
삽으로 흙을 뒤집는데
하얀 알이 나왔다
열 개쯤 가지런히 놓인
난생처음 본 땅 속의 알
땅에 다시 파묻어야겠다 생각했다

땅속에서 알을 낳은 것은 무엇일까
생태 공부를 너무 안 했네
인터넷에 쳐봤다
비슷한 사진이 있어서 클릭해보니
뱀의 알이라고 되어 있다

한동안 나무 근처로는 얼씬거리지도 않았다
나중에 알이 사라졌다
스스로 사라진 알이 궁금했으나
주변을 찾아보지는 않았다
조금 미안한 마음이 들었지만
그렇다고 다시 파묻지 않은 것을 후회하지도 않았다

—「미안한 마음」 전문

이 시는 나무를 심기 위해 땅을 파다 "하얀 알"을 발견하는 데서 시작한다. "열 개쯤"되는 "하얀 알"이라고 했지만 시적 화자의 입장에서는 더 구체적으로 열 개의 목숨으로 인지된 까닭에 마음속에 혼란이 비롯된다. 그것이 "뱀의 알"이라는 정보는 원죄적 두려움을 동반하게 한다. "한동안 나무 근처로는 얼씬거리지도 않았다"는 시적 고백은 뱀이 주는 공포인 동시에 생명의 질서에 인위적으로 개입했다는 미안함이 고여 있는 것이다. 그리고 더 큰 차원에서 나무를 심고자 땅을 판 자신의 행위도 자연이라는 데 생각이 미쳤을 법하다.

알이 사라지고 그 알을 찾지 않은 자신의 행위에 대해 "조금 미안한 마음이 들었"는 고백이야말로 자연을 살아가는 시적 화자의 진정한 마음이 드러나 있다고 할 수 있다. "조금 미안한 마음"이야말로 이 세계를 함께 살아가는 존재에 대한 예의이며 측은지심의 한 단면이기 때문이다. 적어도 일상을 살아가며 의도치 않게 벌어지는 개별적 타자 혹은 자연과의 갈등에 대해 "조금 미안한 마음"을 가지고 살아

간다는 의식은 원융한 세계상을 꿈꾸는 것이라 할 수 있다. 뭇 생명이 아프면 자신도 아프다는 유마의 일절과 같이 타자의 슬픔과 아픔에 동참하는 환대의 정신이 시적으로 형상화되었다고 할 수 있다.

"조금"이라는 태도야말로 지금 여기를 살아가는 존재로서의 겸손함과 실천에의 의지를 담고 있다. 세계 혹은 자연은 실핏줄처럼 연결되어 있다. "잎 한 장이 떨어질 뿐인데/ 잎 한 장은 오직 그 잎 한 장뿐이어서/ 바람이 불자/ 온 산이 함께 울었다"(「가을숲」)는 시적 진술은 바로 자연의 개별적 존재들이 전체와 연관되어 있으며 나아가 안과 밖 혹은 나와 너라는 분별을 무화시키고자 하는 욕망을 보여준다. 무분별한 세계로의 지향이 이 시집이 담고 있는 이면의 의미라 할 수 있다. 이 무분별에 대한 지향은 아래 시에서 다시 만날 수 있다.

새벽 4시
내가 가장 아끼는 노리다케 그릇에
생수를 따라 베란다로 나가요
내가 나를 기억하기 전부터 믿었던
하나님께 기도하고
스무 살 애인 따라 송광사에서 만난
부처님께 기도하고
남편이 기도하던 성모 마리아에게도 기도하죠
그러다 천지신명님을 부르기도 하는데
내가 아는 신이 딱 그만큼이어서

더 많은 신을 불러내고 싶어도
불러낼 수 없는 게 안타깝지요
머리를 조아리고
손바닥을 비비다가
팔을 하늘로 쭉 뻗기도 해요
어떤 신이든 제발 내 기도를 들어달라고요

—「새벽 기도」 부분

자연의 살아 있는 원융한 세계상의 구현과 무분별한 세계로의 지향을 보여주는 시가 위의 시편이라 할 수 있다. 그릇에 맑은 물을 받아놓고 신께 비는 풍습이란 할머니 혹은 어머니의 간절한 마음의 상징이라 할 것이다. 새벽에 아끼는 그릇에 생수를 받아놓고 아파트 베란다에서 하나님과 부처님 그리고 천지신명께 비는 마음은 도대체 무엇이었을까 생각하게 한다. 한 신앙의 완고성 혹은 배타성을 넘어 신들께 새벽에 올리는 기도란 어떤 구체성 예를 들어 물질이나 건강과 같은 성격의 기도라기보다는 본인이 지향하는 삶의 원리에 대한 간절한 바람과 같은 것이라 추론된다.

어떤 마음으로 어떻게 살 것인가에 대한 긍정적 지향이 개별적인 신을 넘어 모든 신께 기도하게 하는 요인이 되었을 터이다. "더 많은 신을 불라내고 싶"다는 욕망이야말로 무분별의 극치라 할 수 있다. 무분별을 통해 바라본 자연이란 너와 나의 차별이 없는 세계일 것이며 "어떤 신이든" 불러내어 구현하고 싶은 세계라는 점에서 시적 화자는 신화적 원형의 모습을 하고 있는 셈이다. 자연과의 교감 그리고 애정은 세계를 한없이 연민하는 형식으로 드러나게 되는 것이다. 그 자리는 시인의 자리이며 동시에 신을 부르는 사제의 자리인 셈이다.

자연을 향한 긍정과 당위의 세계 저편에 위치한 것이 현실의 세계라 할 수 있다. 이 현실의 세계는 시적 화자의 지향에 대한 실패와 상처의 기원으로 작동한다. 자연과 관련된 세계에서 시적 화자는 타자를 절대적으로 환대하고자 한다. 그러나 데리다의 말처럼 현실의 세계에서 언어적 기표가 궁극적으로 기의에 도달하지 못하듯이 절대적 환대란 불가능한 것이다. 절대적 환대는 끝없이 미끄러지고 지연되는 것이다.

임후남 시인은 "나"에 대한 메타적 관점의 시를 통하여 "나"는 왜 현실적 세계와 불화의 관계에 있는지에 대한 탐구와 기존의 관계를 해체 혹은 폭로함으로써 좀 더 절대적 환대에 다가가고자 하는 몸부림을 보여준다.

누구도 나를 향해 다정한 인사를 건네지 않으므로
나는 나를 향해 다정한 인사를 건네기로 했다
고객을 대하는 점원처럼 활짝 웃으며 허리를 숙였다
그러자 어깨가 으쓱해졌다
권리를 한껏 가진 고객님의 자세가 된 것이다
나는 나를 소비하기로 했다
나는 나를 더욱 극진히 모셔야 했다
고객님께서 맘껏 소비할 수 있도록
고객님께서 더 많은 돈을 쓰도록

그리하여 잠깐이라도 고객님께서 충만히 피어나도록
그러나 나는 이내 소진되어
남루를 걸쳤다
누구도 나를 향해 다정한 인사를 건네지 않았다
나는 나를 향해 가만히 미소를 지었다

―「나를 소비하다」 전문

이 시에는 분열된 자아상을 보여준다. 누구에게도 다정한 인사를 받지 못하는 나와 그런 나에게 인사를 건네는 나 그리고 으쓱해진 나로 분열된 자아의 모습은 단절된 현대사회의 비극성이 내포되어 있다. "점원처럼 활짝 웃으며 허리를 숙"이는 모습에서 또 "권리를 한껏 가진 고객님의 자세"에서 자본으로부터 소외된 나의 형상을 만나게 된다. 적어도 나와 타자의 관계 속에서 환대의 문제가 비롯될 터인데 나를 타자화해서 만들어지는 환대에는 다분히 비애의 표정이 숨겨져 있다. "잠깐이라도 고객님께서 충만히 피어나도록" 나를 극진히 모시는 나의 모습은 가상의 세계이며 현실의 세계는 "남루"로서 표상되고 있다. "잠깐"이라는 물리적 시간에서 나를 소비해야 하는 현실의 극악성이 드러난다.

자아분열을 통한 자기 정체성의 확립은 "당신과 나 사이/ 수많은 당신과 내가 있"(「나도 안타깝지만」)다는 고백에 이르게 한다. 관계와 배치에 따라 나라는 존재는 의미를 가질 뿐이므로 "어떻게 나를 누구라고 말할 수 있겠어요"(「나도 안타깝지만」)라고 처연하게 중얼거리는 것이다. 현대적 의미의 사회적 관계란 대체로 자본에 의해 결정되는 경우가 대부분이다. “한없이 머리를 조아리고/ 꽃처럼 화사하게/ 언제나 다정하게”(「상냥한 사람」) 행세해야 하는 현실적 관계는 “집으로 돌아와/ 이 빠진 접시 하나 골라/ 바닥에 내동이”(「상냥한 사람」)치며 자신의 몸에 상처를 내는 피학적 폭력에 이르게 된다. 임후남에게 보이는 이 폭력성은 타자에 대한 환대의 열렬한 소망이며 자연을 통해 구현하고 싶은 원융한 세계상의 욕망에 비례한다고 할 것이다.

인간에 대한 사유의 극점이 임후남의 노인에 대한 시적 형상화에 잘 나타나 있다. 늙음이나 치매, 그리고 요양병원이라는 도식은 이제 보편화된 사회적 양식으로 자리 잡았다. 요양병원으로 보내진다는 것은 늙은 실존의 입장에서 본다면 정서적 폭력이라 할 수 있다. 육체적 결핍에 따른 편의성을 내세운 요양병원이라는 제도는 아무도 아는 사람이 없는 곳으로 보내진다는 공포를 함유하고 있다. 죽음이라는 실존의 최대 위기 앞에 요양병원이란 살아온 모든 흔적이 제거된 곳으로 보내진다는 것을 의미한다. 임후남은 이 문제에 대해 육성으로 또는 아이러니의 방법으로 현 세태에 대한 비판적 드러내주고 있다.

삼시세끼 떠먹여주고
세수도 시켜주고
목욕도 시켜주고

밥을 못 먹으면 링거 꽂아주고

맥을 못 추면 또 영양제 꽂아주고
죽을 틈을 주지 않는다

이미 늙은 남편과
늙어가는 자식들
나를 보러 와서는 물끄러미 보기만 하고

세상 편해, 이보다 더 편할 수는 없어
심지어 똥오줌도 누워서 싸니
어떻게 이렇게 편할 수가 있나

평생 자식 걱정,
끼니 걱정하며 살았는데
지금은 하나도 걱정이 없어

너무 편해서 그런가?
이상해, 참 이상해
이렇게 살아도 살아지는 게

—「이보다 더 편할 수는 없다」 전문

시의 제목에는 요양병원에서의 삶에 대한 풍자성이 아로새겨져 있다. "이보다 더 편할 수는 없다"는 발화의 표면의 뜻과 이면의 의미는 전혀 다른 층위에 놓여 있다. 환자에게 모든 것이 완벽한 듯 맞추어진 요양병원의 삶을 규정한 시적 진술은 "죽을 틈을 주지 않는다"는 풍자적 문장이다. "죽을 틈을 주지 않는" 구체적 행위의 매개물로서 "삼시세끼", "세수", "목욕", "링거", "영양제" 등의 실체는 인간의 존엄은 보장받아야 한다는 사회복지와도 관련이 있을 터이지만 자본의 소유 여부에 따라 커다란 차이가 있는 것도 사실이다.

문제는 인간은 과연 존엄한가를 묻는 요양병원 환자들의 목소리다. "똥오줌도 누워 싸니" "이보다 편할 수 없"다고 고백하는 장면은 도대체 이러한 삶이 가당키나 한가라고 묻고 있는 것이다. "이상해, 참 이상해"라고 스스로 갖는 의문은 인간의 늙음과 이 시대의 방법론에 대한 수동적 수용과 그럼에도 불구하고 그러한 행태에 대한 비판을 동시에 보여주는 것이다.

요양병원에 들어와서 "화장실이 어딘지도 몰라"(「밥만 먹으면 산다」)라는 진술은 "그냥 누워서 싸"(「밥만 먹으면 산다」)라는 자조적 진술과 더불어 도대체 산다는 것은 무슨 의미인가를 곱씹게 한다. "악착같이 먹어/ 살아서 나가려고"(「밥만 먹으면 산다」) 하는 다짐은 대개의 환자들의 꿈이었을 터이고 대개 꿈으로 남았을 것이다. "지금/ 서울 아들네보다 더 먼 곳은/ 내 발가락"(「발톱 깎는 시간」)이라는 신체를 통한 감각적 묘사는 인간의 비애를 더 심화시켜준다. 그 비애의 극단이 "맘을 다해도/ 내 몸을 움직일 수 없다"(「맘과 몸」)는 자기 고백이라 할 수 있다. 맘과 몸이 영원히 만날 수 없다는 인식은 죽음에의 인식이라 할 수 있을 것이다.

당신허고사는동안조아써요

애들도당신달마잘생겨찌요
나는당신이잘생겨서조아꺼든요
울아버지가사진을보여주어쓸때
한눈에반해땁니다
나는예쁘지아는데
당신이나를예쁘다고해서
고마워써요
당신이처음선물한게
분첩이어찌요
분내가차암조아써요
아까서내가쓰지모타니까
당신이터어턱발라주어찌요
다시사준다면서요
칠십년전의이린데
어쩌녀그가타요
당신도알게찌만
나는얼마못살거가타요
이고세드러오면몬나간다더니
진짜로그러내요
다리에힘이업쓰니
거를수가업꼬
손도떨려요

—「나를 아껴준 당신에게」 부분

임후남 시집의 표제시이기도 한 「나를 아껴준 당신에게」

는 죽음을 앞둔 여성 화자의 회고 형식으로 구성되어 있다. 구어체 문장을 통한 생생함과 여성 화자의 육성에는 심리적 절실함이 배어 있다. 사진만 보고 결혼하던 시절 한눈에 반했다는 고백은 수줍지만 평생의 마음이 담긴 말이라 할 수 있다. "나는예쁘지아는데/ 당신이나를예쁘다고해서/ 고마워써요"라는 시적 형상화에는 당신에 대한 무한한 신뢰가 깔려 있다. 이제 먼저 세상을 하직하면서 남겨질 남편에 대한 걱정과 믿음 그리고 다시 만날 것에 대한 기대 등은 인간에 대한 깊은 신뢰에서 비롯되는 것이다.

자연에 대한 무한한 애정, 그리고 인간의 마지막에 대한 풍자적 시점 등 임후남이 지향하고 비판하는 세계의 이면에는 고스란히 인간에 대한 신뢰가 바탕이 되어 있다. 살아가고 끝내 소멸하는 존재로서 인간에 대한 애정이야말로 자연을 사랑하는 길이며 파괴되어가는 인간의 존엄을 회복하는 마지막 방법이 될 터이다.

"나를 아껴준 당신에게" 감사의 인사를 보내는 마음이야말로 임후남의 시적 바탕이며 관심사라 할 수 있다. 시에 나타나는 어느 외진 마을에 관한 이야기에 관해서는 생략하기로 한다. 어쩌면 그곳이야말로 임후남 시인에게는 끝내 회복하고 싶은 유토피아라는 생각이 들기 때문이다. 그의 시처럼 안부를 묻는 것으로 대신한다. "잘 계시지요?/ 저도 잘 있어요"(「기별」).

현대시세계 시인선 165
나를 아껴준 당신에게

지은이_ 임후남
펴낸이_ 조현석
기　획_ 김정수, 우대식
펴낸곳_ 북인
디자인_ 푸른영토

1판 1쇄_ 2024년 06월 30일
출판등록번호_ 313 - 2004 - 000111
주소_ 121 - 842 서울 마포구 서교동 460 - 34, 501호
전화_ 02 - 323 - 7767
팩스_ 02 - 323 - 7845

ISBN 979-11-6512-165-5　　03810